어머니의 베틀노래

어르신 이야기책 _208 중간글

어머니의 베틀노래

초판 1쇄 발행일 2018년 3월 9일

지은이 권오길
그린이 김영희
펴낸이 이원중

펴낸곳 지성사 출판등록일 1993년 12월 9일 등록번호 제10-916호
주소 (03408) 서울시 은평구 진흥로1길 4(역촌동 42-13) 2층
전화 (02) 335-5494 팩스 (02) 335-5496
홈페이지 지성사.한국 | www.jisungsa.co.kr 이메일 jisungsa@hanmail.net

ISBN 978-89-7889-368-8 (04810)
978-89-7889-349-7 (세트)

잘못된 책은 바꾸어 드립니다. 책값은 뒤표지에 있습니다.

이 도서의 국립중앙도서관 출판예정도서목록(CIP)은 서지정보유통지원시스템 홈페이지(http://seoji.nl.go.kr)와 국가자료공동목록시스템(http://www.nl.go.kr/kolisnet)에서 이용하실 수 있습니다. (CIP제어번호: CIP2018006009)

어르신 이야기책 _208 중간글

어머니의 베틀노래

권오길 글 · 김영희 그림

지성사

어머님, 같은 부모이건만 왜 아버지 생각은 나지 않고
어머님만 이렇게 그리워지는 것일까요.

“사랑은 주는 것만큼 받는다”고 두 살배기 때
아버지와 헤어져 얼굴도 기억 못 하니
어찌 아비를 그리게 되겠습니까?

“사랑을 받아봐야 줄 줄도 안다”는 말을 접하면
머리카락이 삐죽 솟으며 저 자식들을 어떻게 대해야 하나
지금까지 가르친 것이 잘못되지나 않았나 싶어 두렵답니다.
아버지의 사랑을 받아 보지 못했으니 말입니다.

부화기에서 까인 어미닭은 알 품기를 못한다는 말에
모골이 송연해진답니다.

누가 뭐래도 저는 어머님의 사랑을 듬뿍 받았고
아버지 몫까지 더불어 받았다고 생각합니다.

고맙습니다. 부모의 사랑은 받은 만큼 속속들이
머릿속에 남아 있나 봅니다.

어머님은 흥이 나시면 아니 슬프신 날에도
옛날 베 짜시던 일과 아버지 기다림의 한을 읊는
베틀노래를 부르셨지요.

"낮에 짜면 일광단이요, 밤에 짜면 월광단이라.
일광단 월광단 베를 모아……."

하시면서 부르시던 가락이 아직도
생생하게 귓가를 흔듭니다.
그때만 해도 따로 농한기가 없었지요.
겨우내 길쌈을 했어야 했으니 말입니다.

여름 목화밭 목화나무에 무궁화꽃 닮은 꽃이 지고 나면(목화나무는 무궁화과에 속한다) 작은 꼭지가 남고 그것이 제법 커서 새끼손가락 손톱만 해지면 목화다래라 하여 그것을 따먹었습니다.

그 맛이 달큼했으니 그것에 당분이 들었다는 의미지요.

솜을 얻어야 할 열매를 어린 것들이 죄다 따먹으니

"그것 먹으면 문디(문둥이)된다"고 어른들은

공갈 협박을 하나 우리들 귀에는 들리지 않았습니다.

사실 집 앞 신작로 다리 밑에 문둥이 떼가 살고 있어서
학교 갈 때면 호주머니에 돌 가득 넣고
우리도 떼를 지어 지나다녀야 했습니다.

아이들 간을 내먹는다는 말에 더욱 경계를 했었지요.
그 문둥이가 되고 안 되고는 나중 문제고,
배가 고팠으니 목화밭에는 아이들이 들끓었습니다.

가을이 되어 서리가 내리고 잎이 마르면,
마른 열매가 터지고 그 속에서 솜을 토해 내니
그것이 면화(綿花)라는 것으로 이것들을
소쿠리에 따와서 멍석에 널어 말렸습니다.

고려 공민왕 15년(1356년), 바로 우리 단성면(丹城面)
어머님 친정 마을에 삼우(三憂) 문익점(文益漸) 선생님이
씨앗을 가져와 심었던 바로 그 목화나무지요.
훔쳐 온 10개의 씨앗 중 1개가 싹을 틔웠다니,
그것마저 잠을 잤으면 언제까지 칡뿌리, 닥나무 껍질
옷을 입었을지 모를 일입니다.

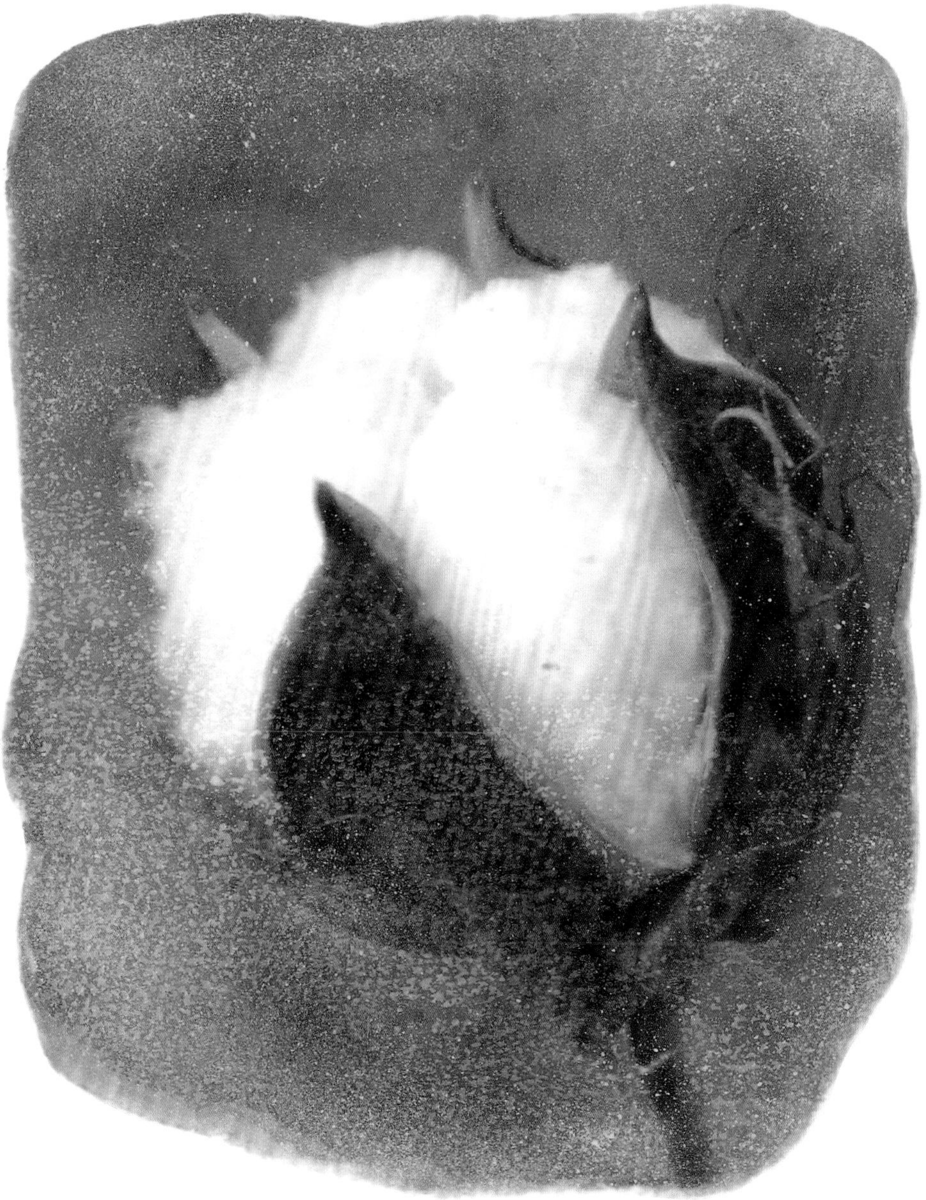

곧 그분의 업적을 기리는 사당이 문을 열고 베 짜는
전시장도 생긴다니 한참 늦었지만 그래도 다행이지요.

어쨌거나 그분 때문에 우리 어머님 베 짜시느라 고생도
많이 하셨습니다. 지금도 어머님 베틀에서 바디질하시던
모습과 그때 치던 소리가 아련하게 들려오는 듯합니다.

어머님, 가을 서리 내릴 쯤이면 하나하나 열매에서
솜을 뽑아내어 질에 따라 나눠 모았고 따로 베를 짜셨지요.

모은 목화송이를 더 잘 말려서 씨아 쐐기에 하나 넣어
씨아질하면 씨앗은 앞으로 떨어지고
눌려진 솜은 뒤로 모였습니다.

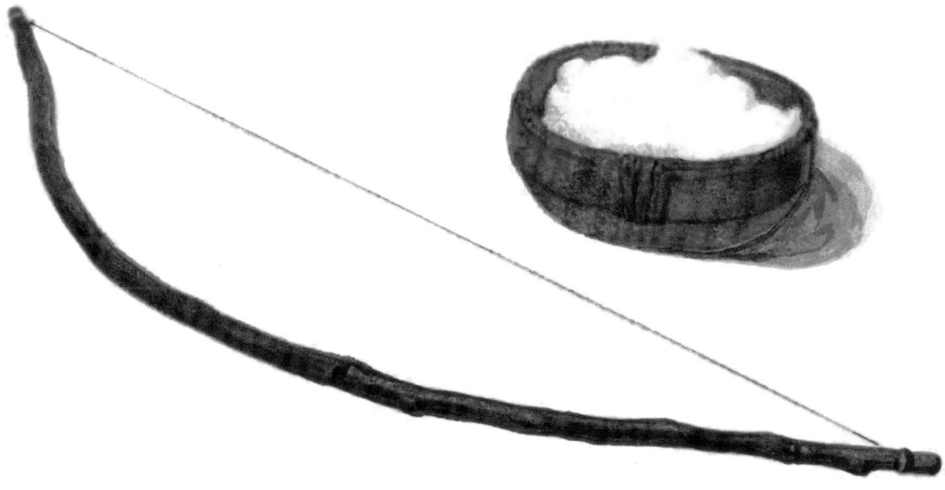

이 씨앗은 면실유 만들고 눌려진 솜은 모아
솜활(무명활)로 탁탁 타서 한껏 부풀리고
불순물들을 모두 골라내었습니다.

방 한구석에 구름 같은 솜덩이가 모이지만
머리카락에는 눈송이가 쌓이고 눈썹까지 무명섬유로
칠갑을 하는 날이었습니다.

어머님, 무명활이 탁탁 튀기면 솜 조각이 훨훨 날렸고
그때는 언제나 어머님은 흰 무명옷을 입으셨고
무명 수건을 머리에 쓰고 계셨습니다.

때때로 "오길아, 나가 놀아라"라고 하시던
음성이 들려오는 듯하고
저 방구석에 어머님의 몸놀림이 보이는 듯합니다.

그리고 언젠가는 솜무덤에 제 몸을 날려 푹 박히니
어머니께서 솜활로 제 엉덩이를 때려 주셨지요.
싱긋이 웃으시면서요. 장난기가 넘치는 아이는 가능성이
있는 놈이라는 것을 어머니는 아셨던 모양입니다.

하나 "솜뭉치로 가슴 칠 일이라" 하듯이
어머님을 못다 뫼신 것이 한스럽고 원통합니다.

어머님, 용서하십시오.

지금 이 원고 쓰는 지하 작업실 방 벽의 어머님이

저를 내려다보시며 방긋 미소 지으시고 계십니다.

어머님, 누구나 그때는 다 그랬었지만

요새 사람들에게 그렇게 하라 하면 아마도

지구를 떠났으면 떠났지 그런 일은 못할 겁니다.

베를 짜나요, 옷을 해 입나요, 빨래는 세탁기가 하고

옷 하나 다리는 것도 숯불에 데운 다리미 인두가 아닌

전기다리미로 쓱~ 문지르면 된답니다.

고생한 어머님은 채 편하게 살아 보지도 못하셨는데,

아무튼 좋은 세상이 되었지요.

돌아가서, 저도 어머니 돕는 일에는 이력이 났지만 씨아질할 때 쐐기 입에 계속해서 면화를 넣어야 하니 팔이 아프고 허리도 아팠답니다.

그리고 어머니 따라서 솜활을 튀겨 봤지만
손가락만 아프고 욕심대로 되지 않았던 기억도 납니다.

구름솜을 적당히 모아서 긴 대바늘로 가는 떡가래처럼 마는 일이 계속되었지요.
바늘을 두 손으로 굴려 솜가락떡을 만들기에도
시간과 힘이 들었습니다.

대소쿠리에 수북이 솜방망이를 쌓아 놓은 방에는
솜물레가 들어 왔었지요. 이 물레질은 정말로
경험과 기술을 요하는 과정이었습니다.

저는 여기서부터는 손을 떼야 했답니다.
고치에서 실을 뽑아내듯 물레질을 하여
솜가락떡에서 실을 자아내는 일에는 정말로
정교한 기술이 있어야 했으니까요.

물레를 돌리면서 따라 돌아가는 쇠꼬챙이 가락 끝에
솜가락을 살짝 대어 천천히 잡아당기면
긴 실이 만들어지고 그것을 가락 몸통에 감아
일정한 크기의 실꾸리를 만드는데 이 일은

꼭 포클레인 기사가 삽질을 하듯 반복해야 하니
토리(실꾸리)가 만들어지는 재미 아니면
참말로 못할 일이었습니다.

실 뽑아 감고를 하루 종일 해야
도톰한 실꾸리 하나가 되었지요.

이렇게 수많은 실꾸리를 만들고
그것이 베의 씨와 날이 되는 것이었지요.
목화가 들어오기 전에는 조상들이 어떤 복장을 했으며,
이불은 뭣으로 만들어 썼을까 싶습니다.

대략 6백 몇 년 전에는 이불도 갈대꽃을 엮어
덮지 않았을까 생각하면 지금 내가 덮고 자는
이불 하나에도 고마운 마음을 가집니다.

다음 일에 정말로 어머님은 곱사가 되셨지요.
지금도 해거름녘 마당에서 굽은 허리로
겨우 걸어 나다니시던 모습이 선합니다.

베의 날줄을 만드는 일이 쉽지 않다는 말이지요.

실꾸리의 실을 풀어서 날줄을 도투마리에 감아 나가는
것으로 줄에 풀을 먹어야 하니 힘이 더 드는데
수십 개의 날줄을 길게 쭉 펴 소나무 뿌리로 만든
베솔로 풀 묻혀 쓱쓱 풀칠하고 날 밑에 피워둔
잿불에 말려 감기를 하루 종일 하시니
허리뼈가 굳어졌던 것이지요.

그렇게 어려운 일들을 하시고도 여든 셋을 사셨으니
말마따나 대단한 유전자를 가지셨고
그래서 저도 희망이 있어 보입니다.

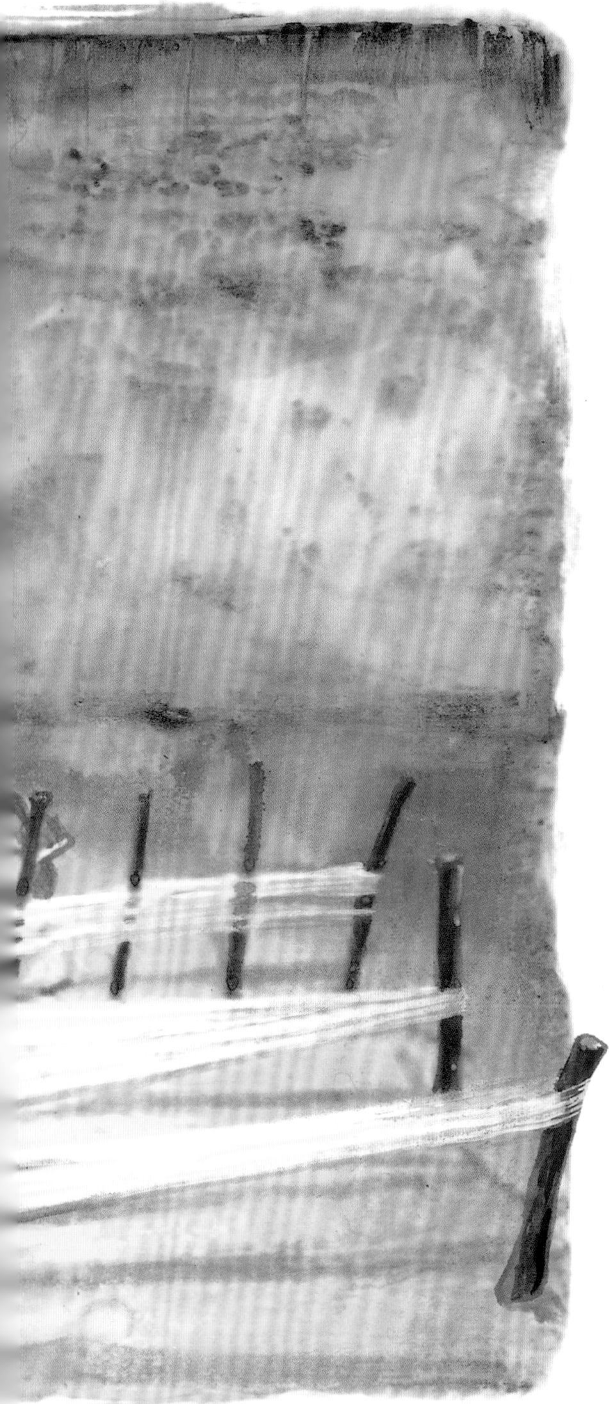

이렇게 어느 것 하나 쉬운 것이 없었지요.
매사가 손이 가야 하니 힘이 들었던 것이고
면양말, 수건, 옷 한 벌이 말 그대로 땀이요 피말림이요,
뼈 부스러짐인 것이었습니다.

모든 것이 사람 손으로 하던 일들을
우마차를 굴리고 수력, 화력을 지나
이제는 석유나 가스의 동력을 이용하게 되어
이렇게 편리한 세상이 되었습니다.

그만큼 현대인은 여유와 여가가 생겨나게 되었으니
밤에 베를 짜지 않아도 입을 것이 있고, 일부 농부를
제하고는 논밭매기 안 해도 먹는 걱정이 없게 되었고,
배탈이 나도 감기가 걸려도 좋은 약이 있어 죽지 않으니
고희를 족히 넘기는 게 예삿일이 되었답니다.

그래도 사람들이 제 행복한 줄 모르고 살고 있으니
그게 더 불행해 보입니다.

  어머님, 어머님 베틀에 올라 앉으셔서
허리에 부티 두르시고 베틀신 신으시면
언제 벌써 북이 씨줄을 흘리면서 오가고
바디질 소리가 땅땅 굉음을 내었지요.

아직도 생각나는 일이 있으니 엄마젖 몇 번 만지고
씨를 쳐서 짜는 바디질 소리를 자장가 삼아 대자리
방바닥에 잠이 들었던 일입니다. 겨울 낮이었지요.

실컷 자고 나니 어머님 버선이 방바닥에
왔다 갔다 하는 게 아니겠습니까?
꼭 제사 지낼 땐 잠들어 있다가 제삿밥 갈라먹는
그 시간에 잠 깨어 일어나지는 못하고 목젖만 삼키고
있었듯이 잠을 깨고서도 한참이나 잠든 척 드러누워
어머님의 발놀림에 눈이 따라다녔답니다.

막내라 끝까지 응석받이로 커 중학교 때까지 엄마젖을
만졌으니 그것을 저는 사랑 받음으로 해석합니다.

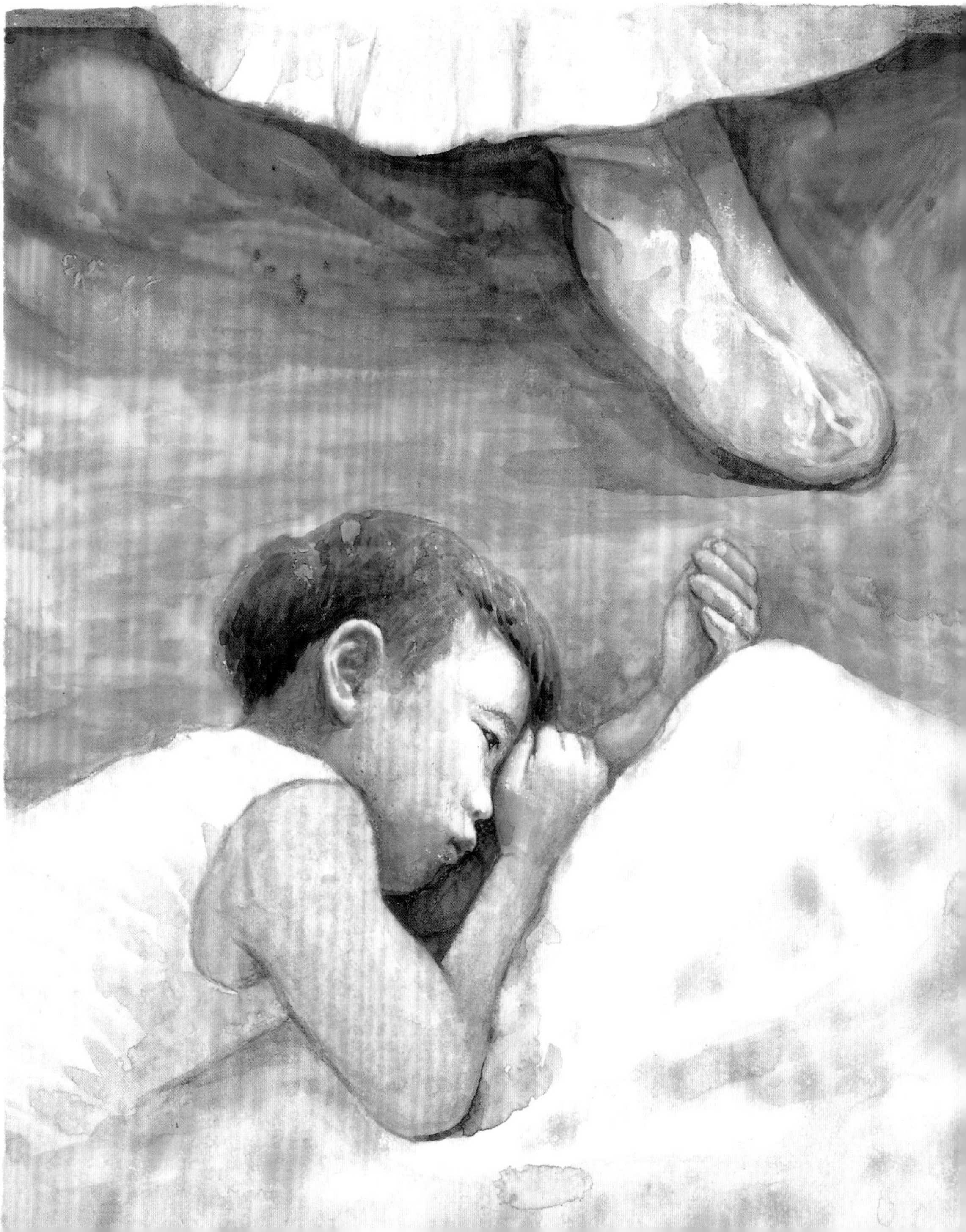

다른 집 아이들은 동생이 생겨 젖을 떼야 했기에
엄마 젖꼭지에 쓴 소태물을 바르곤 했는데
저는 한껏 내 차지였으니 그것도 타고난 복이었습니다.
말해서 동생 타느라 모두가 배들이 고팠지요.

북에 씨의 꾸리를 넣고 북바늘로 고정하여
날의 틈사이로 베의 날을 가르며 왔다 갔다 하여
씨를 풀어 주었으니 날줄과 씨줄이 짜여
단단한 베를 엮어 갔습니다.

아침 잡수시고 베틀에 오르시면 점심때가 되어야
내려오시니 오른손, 왼손이 교대로 북을 날 사이에
끼워 보내야 하고 날줄을 반반씩 아래위로 바꾸게 하는

끌신(베틀신) 당기기가 자동차 기어 넣듯
반사적으로 일어나니 숙련공만이 하는 일이었지요.

베를 짜면 짤수록 저 뒤쪽 용두머리에 얹혀 있는
도투마리의 부피는 줄어들고
어머니 배 쪽의 말코에는
짜인 베가 두루마리로 감겨 늘어났구요.

어머니, 올올이 짜인 베를 보는 재미,
그것 하나 보고 그 지긋한 고통을 참았지요.
섬유 하나하나가 감기고 얽어져서 베 짜는 저 일을
누가 고안해 내어 저렇게 어머니를 골병들게 했을까요.

비단같이 고운 베를 옥양목(玉洋木)이라 하여 두루마기 치마저고리를 지었고 허드레 면화로 짠 광목(廣木)은 머슴들의 옷감이었습니다.

“짠 베로 도포를 지었더니 뜻밖에 임은 죽어서 상여에 얹혀 오더라”는 어느 지방의 베틀노래는 촌부의 서러움을 대변하고 있는 게 아닌가 싶습니다.

남편 없이 혼자 사는 과부의 쓰라린 속마음을 읽고 있는 노래요, 바로 어머니의 노래였지요.

베틀에서 흥얼거리시던 노래 뒤에는 ‘후유 후유!’ 속 타는 연기를 내뿜으셨으니 하는 말입니다.

또 어머니를 고달프게 한 것엔 삼베 짜기도 있었습니다.
삼나무는 암수가 따로 있고, 요새 말하는 대마초지요.

그때만 해도 형이나 친구들도
전연 그것의 환각작용을 몰랐으니 망정이지,
전국에 삼을 심어 삼베를 만들어 입었을 때라
그것을 알았다면 미친 사람이 도처에 많을 뻔했습니다.

삼은 키가 2미터 이상이나 되고 빽빽하게 심으니
“삼대 들어서듯” 한다는 말이 생겨 날 정도였습니다.

어쨌거나 익은 삼을 잘라 내어 다리 밑에 걸어 둔
큰 가마솥에 넣고 삶은 다음
냇물에 큰 돌로 질끈 눌러
며칠을 놓아두면 섬유질이 부드럽게 되었지요.

여기서 껍질 벗겨진 하얀 삼대는 여러 가지로 쓰였으니
우리들은 물레방아 만들기를 좋아하였습니다.

우리 사투리로 삼줄기(삼대)를 제럽이라 해서
사람이 마르면 '제럽대기 같다'고 했는데
가운데가 비어 있어 아주 가벼웠지요.

제럽을 불쏘시개로 쓰는 것은 물론이고
장마철 소 먹이러 가서 길가에 물고랑이 생기면
제럽대기 둘레에 구멍을 내고 가늘게 다듬은
얇은 제럽 조각들을 거기에 박아 물받이 만들어
물고랑에 걸쳐 놓으면 물방아가 잘도 돌아갔지요.

쉬운 일 같지만 여기에도 정성이 다 들어갔으니
방아 찧는 물레방아처럼
낙수가 제럽방아를 돌리게끔 했고
한참을 놀다가 지루하면 결국에는 저 위에 막아뒀던
봇물을 터뜨려 떠내려가게 하곤 했습니다.

그것도 나름대로의 놀이였고
수력, 낙차, 저수 등 과학이 스며 있었습니다.

삼베 짜기는 삼껍질을 가늘고 잘게 자르는 데서 시작됐지요.

"삼단 같은 머리"란 숱이 많고 길이가 긴 머리카락을 말하는데 반대로 2미터가 넘는 삼단의 삼줄을 머리카락같이 일정하게 잘라야 했습니다.

얼근 빗을 이용하여 삼줄 머리에서 꼬리 쪽으로 쪽 고르게 짜게 내려가고 그것들을 따로 모아 또 물에 오래 담가 섬유질을 빛바래게 했지요.

시골은 품앗이 없이는 일이 안 되었습니다. 며칠은 이 집, 또 며칠은 저 집에서 삼을 삼았지요.

삼단의 삼대가리를 돌로 쾅쾅 찧어 부드럽게 하고,
삼머리를 갈라 그 사이에 꼬리를 집어넣어
머리 한 가닥과 아래로 비비어 꼬고 이어진 것을
다시 남은 가닥과 함께 위로 같이 비벼 나갔지요.

이렇게 머리 꼬리 머리로 길게 끝없이 이어가니
이것이 삼삼기요, 삼줄(삼껍질)에 묻은 겉껍질을
하나하나 삼칼로 눌러 벗겨 다듬어 나오는 검불이
바로 삼거웃이었습니다.

정성들여 곱게 삼은(이은) 줄은 소쿠리에 똬리처럼
사려 놓고……. 삼을 삼을 때는 한쪽 다리의 고쟁이는
접어 넣어야 했습니다.

삼 올을 비비는 일이 무릎 위에서 일어나기 때문인데
한참 이로 뜯고 다듬으며 비벼대면 무릎 끝에는
새까만 삼 때가 올랐지요.

엄마가 입은 고쟁이 내복도 바로 삼으로 지은
삼베옷이 아니었던가요.

이날은 새참으로 감자가 나왔지요. 돌소금에 감자
말입니다. 그런데 이날은 동네 아주머니들이
나를 곤욕스럽게 만들기도 한 날이었습니다.

집집마다 일어나는 사시락한(작은) 일도 다 들춰내는
날이기에

“오길아, 지금 느그 아부지 어디쯤 왔노?”
하는 물음에 손을 머리에 얹어 답을 해야 했습니다.

뒤통수에 올리면 아직도 아버지가 저 멀리 있다는 뜻이고
이마 쪽에 놓으면 오실 날이 얼마 남지 않았다는 뜻이라나.
내 손을 올리는 순간 가장 긴장해 쳐다보는 분이 바로
어머니셨고 나도 어머니를 보면서 손을 얹었습니다.

남편이 죽은 줄도 모르고 언젠가는 살아 돌아오겠지 하는
기다림 하나로 세월을 보내신 어머님이 아니였던가요.

용하다는 점쟁이들도 차마 "당신은 과부가 되었소"
못 하고 "살아올 거요, 기다리오"라고
달래고 했던 것입니다.

서른 몇에 홀로 되어 여든셋이 되실 때까지
남편을 기다리셨고 나중에는 남편 대신
자식을 기다리셨던,

끝내 기다림의 한으로 죽어서도 눈을 못 감으신
어머님의 기다림은 이 삼을 삼는 날에도 삼줄처럼
한없이 한없이 길게 이어졌던 것임을
이제는 알 듯합니다.

누구나 한 많은 삼줄을 남기지만 '삼밭에 쑥대'라고
그런 부모의 한을 먹고 자식들은 비뚤어짐 없이
곧게 자라는 것이겠지요.

삼베 짜기도 명베 짜기와 다름이 없었습니다.
참빗 살같이 골고루 만든 방울 달린 바디로 씨줄을 내려쳐서
촘촘히 엮어 가다 보면 여자의 길쌈질은 무릎 살을 에이고
허리가 아리고 발바닥의 살금을 없앴지요.

지금 생각하면 너무나 가혹한 시련이었습니다.
삼베도 굵은 올에서 모시처럼 가는 올곧은 것이 있으니
바지는 얼금얼금하게 짜인 것이지만 저고리는 치자 물들여
곱디고운 것으로 만들어 입혔습니다.

그런데 어머니는 꼭 삼베 바지에 빳빳하게 풀을 먹여 저에게 입혀서 다린 삼베 날이 사타구니에 스쳐 무척 아렸지요.

“엄마, 아파요”가 말이 안 통하니 소 먹이러 가서는 바지 입은 채로 풍덩 물속에 들어가 풀을 녹여 버리기가 일쑤였습니다.

옛날이나 지금이나 왜 부모들은 자식의 말은 들으려 하지 않고 자기 고집만 내세웠는지 모르겠습니다.

자식의 내심을 구석구석 훤히 읽으셨던 어머니도 그러하셨으니 말입니다.

삼베는 덜했지만 면옷은 풀을 하고 나서는
꼭 다듬이질을 하였지요.

세밑쯤이면 집집마다 설빔을 하느라 삼태별(三台星)이
서산에 걸릴 때까지 따닥따닥 다듬이질을 했습니다.

뿐만 아니라 옷감이 많을 때는 홍두깨에 감아서
다듬이 방망이로 때려대니
홍두깨 다듬이질을 오래 하다 보면
손바닥이 저려 왔지요.

"자다가 봉창 두드리듯" "아닌 밤중에 홍두깨를 불쑥
내민다"고 하는데
그 의미가 뭔지 저에게는 바로 전해져오지 않으나
엉뚱한 짓을 한다는 정도의 의미가 되겠고,
아무튼 홍두깨는 때려야 하는 물건이고 잘 굴러 간다는
특징이 있습니다.

어머니, 그런데 광목과 삼베가 편함의 물결 더미에
사라진 줄 알았으나 아직도 연연히 우리 생의
귀퉁이 자리를 차지하고 있답니다.

어머님이 수의는 자식 돈으로 해야 한다고 하셔서
내가 드린 돈으로 그것을 장만하셨고 그래서 비단 내복
입으시고 염포(殮布)로는 당신께서 손수 짜신 삼베를
썼습니다.

삼베는 이렇게 저승까지 같이 가는 넋의 베인가 봅니다.

어머니가 잠들어 계신 나무관은 하얀 면으로 받쳐
여러 사람이 들어 옮겼지요.

어머니는 베 짜기로 사시다가 베에 묶여 들려
저승으로 가셨습니다.

저승에도 베틀이 있어 오늘도 부티를 허리에 두르시고

끌신 당기며 바디질을 하고 계실까.

억세게 사셨던 우리 어머니.

'어무이, 좀 쉬이쇼.'

'죽으면 썩을 살을 아끼면 뭐 하긋노.'

저 멀리서 어머니의 그 메아리가 들려오는 듯합니다.